刹那の真実

高山雪恵

文芸社

刹那の真実　目次

父親の質

6

息子ではなかったことが父親を裏切り出した最初であった
かりそめの六年だけの父母の婚のキューピッドをした胎内のわれ
幸せは失ってから昨日までそうであったと気づく感情
五歳から六年後には声上げて泣く方法をわれは喪い
「そのうちね」を繰り返されて「そのうち」は実現しないものだと悟る

ねだらない子供であった理不尽に耐えれば丸くおさまるゆえに

妹の肩をいつでも持つ父を次女が死ぬまで見ていた長女

母はおらず好奇の視線にさらされて干渉嫌いの娘に育つ

一族の中の異端児我が強く理解はされぬ変人われは

父親の質の悪さが男運のなさのはじまりわれの一生《ひとよ》の

父母《ちちはは》に黒子や癖も似るものか片親だけではデータが足らぬ

比較され理解はされず理不尽な思いと共にわれは育ちし

「橋の下で拾ってきた」と言われずに育った少数派であり　われは

片親を子は残酷に成人は真綿で首を締めるよう訊く

片親と見下されては不幸にも負けぬ生徒と憐憫も受け

9

特殊性ゆえ少女期に周囲から浮いた苦痛を内面に持つ
暇つぶしに家族のことを聞かれたくない人間も世の中におり
誰にでもたやすく得られることばかりわれの手からは奪われてゆく
トラウマという言葉も知らず疎外した長女を無事に育てしという
無意識の言葉が娘を傷つけると思いもしない神経の無さ

その昔愛した女を「産みっぱなし」とけなせり激高した父親は

何故上の娘が自分を避けるのか考えもせぬ男が父で

島影を背にして笑まう妹も今はこの世に肉体はなく

あとになればＳＯＳと思いあたる自死した君のふみの一節

吾も父も外面《そとづら》は良く　身内には理解はされぬ変人であり

叔父たちのひとりがわれの父ならば疎外されずに育ったろうか

「時々は家に帰れ」とまともな親を持った友からされる説教

両親を尊敬するという人を羨み妬んだわれの思春期

殴られて言葉を持たぬ幼子が助けてくれと目でわれに告ぐ

別れない両親を持ち十数年不仲と不幸を見ていた従弟

歯並びの悪さによって親子だと言い当てられし祖父と叔母とは

何故死なずに生きたのだろう肉親と他人に長年虐げられつ

幼児期の写真も話もろくすっぽ与えられずに三十となり

真夜中に爪を切りおり父親は未だ現存している身なり

消音にし続け父の電話には決して出ない冷たい娘

ただ事実片親なれば雇うのに問題ありと躊躇をされし

結婚はめでたいものか　婚を告ぐ友に言葉を失っている

親を見て育ったゆえに婚姻の欠点ばかり熟知しており

両親の婚の末期に来た犬は鎹《かすがい》にさえなることはなく

まっとうな家庭に育った者だけの贅沢病なりホームシックは

閉め切って娘の住まぬ父の家の居間に生えたる水玉の黴

次女の死後ようやく長女を思い出し家長ぶっての父の説教

ひとりっ子となった娘の歳すらも正しく覚えていない父親

父親を手こずらせており境界で堕ろされずして産まれた娘は

堕ろされず産まれし次女は十二月みずから一生《ひとよ》に終止符を打ち

妹の手柄　他人を巻きこまずひとりで死ぬのを選んだことは

妹の死因は自死で母親は生別常に吾は少数派

父親を疎みしわれの名と顔は父のつけた名父に似た顔

妻は離別長女は出奔次女は自死男は五十ですべて喪う

父の両親

父からは顔を　母から感情を受け継ぎ離婚後疎まれしわれ

平凡の中に一度もなじめずに常に好奇のまなざしを浴び

母親にそっくりだよと祖母《おおはは》に蔑まされたわれの少女期

吾を産んだ女はそばにいなければ祖母の論理で悪者になる

あやまちを認めず目下は頭ごなしに圧さえ女を見下す祖父母

許す気はなくて祖父母が死に絶える近い未来をわれは待ちおり

我の強い女孫《めまご》も巣立ち犬も死にわが祖母《おおはは》は突然老けし

十年後おそらくいない　突然に死に近づきしわれの祖母《おおはは》

死ぬ前の自分に友が親戚が会いに来たのを老人は知る

妹はもう死んでいた祖母は吾に徐々に死ぬのを見せつけてゆく

冷酷に祖母の残りの人生と衰えてゆく肉体を見る

一人《いちにん》は首吊り自殺、一人《いちにん》は身内を捨てしあなたの女孫

無菌室で意識不明で死に抗う祖母を未だに宥せぬ女孫

死に向かう祖母を見舞わぬ行動がわれの返答　子ども時代の

徒《いたずら》に管につながれ意識もなくそれでも祖母は長生きとなる

とりあえず梅酒は漬けて祖母《おおはは》の明日《あした》の通夜の仕度をはじむ

葬儀屋は丁寧なれど物体として屍は祭壇にあり

「善良な市民」で初めて相続で目にする裁判所からの書類

率先して柩を担ぐ恍惚の同居の祖父母を送った従弟

ほかの孫は涙も見せず淡々と祖母の葬儀に参列をする

吾と同い年なる叔母は葬式後四か月にて結婚をせり

祖父《おおちち》は次女の名前でわれを呼ぶ　必要なのは長女にあらず

獣には優しく身内に暴言を吐き無神経　父の父親

理不尽な暴言を吐く祖父《おおちち》をそれでもかつて愛そうとした

親戚で一番不幸な娘だと三十すぎの姪は思われ

同情の側になるらしあらすじで吾の半生を語るのならば
男には受けがよくても不幸なる家庭を手管にしたくはなくて
妹の七回忌のあと飲みに行くわれも誰よりわれが大事で
祖母《おおはは》の誕生日すら過ぎてから気づけり　もはやこの世におらず

口だけの母

同居せし親が突然老けたのを友が受話器の向こうで告げる

十歳で葬儀は遺族のためのものと父の死により友は悟りし

親はまず先に死ぬよと言いたくて言えず　男の涙を見つむ

話題にも出ず存在はないものという扱いのわれの母親

羊水に浮かびし時から我の強い女であった母を苦しめ

予定日を二十日も過ぎて産まれきた執拗な吾に今母はなし

「何故産んだ」と抗いたがる年齢に訊くべき母はそばにはおらず

戸籍上は長女なれども性格も母にとっても次女なるわたし

上の子はシニカルになり下の子は自死であなたの産んだ娘は

期待すれば不幸になるゆえ悪い方へ覚悟しておくわれのマニュアル

心から望みしものの叶わないことの多さに慣れたのはいつ

不幸には耐性があり悪意には免疫のあるわれの人生

妹は自死とは言えず十九年ぶりに会いにし母と別れし

現在のわれよりはるかに若かった母が見ていた「母親」の枷

女を見下す男が初めての男で夫の母の人生

吾の母はためらい傷を幾筋も左手首に所有しており
血縁を疎みつつ吾は産まないときっぱり語ることすらできず
両親の恋の話を知らずして母に捨てられ父親を捨て
十九年ぶりに出会って母親にまた捨てられる　それだけのこと
ぐれなかった娘に安堵母親の興味はすでに収まったらし

継続して連絡さえもせず常に思っていると口だけの母
会ってみれば美化した母も約束も守れぬただの初老の女
共に住む息子がろくでなしならば捨てた娘に期待する母
誕生日の五万円にて放任と疎外を忘れてしまえというか
五歳児が四半世紀後なお母のご都合主義の胸に棲むらし

年賀状も寄越さず一度会いたいと言いし義弟は興味本位で

そのうちに切れる縁なら年も知らぬ弟と会う意味はあるのか

捨ててきた娘の部屋も用意して自己満足の家に住む母

「遅れてきた姉」なるわれは憐憫の母の家族に混ざりたくなし

耐性があるゆえ不幸な事柄に鈍感であるわれかもしれず

自慢する身内が誰もいないのは身軽であるが少しせつない

心根も顔も瞳も涙にて磨きし二十数年かけて

都合のいい時のみ善人ぶる身内と縁を切るため選ぶ結婚

住職も代替わりして妹がこの世に住まなくなって十年

死者は吾を捨てず背かず嫌いになることも起こさず思い出は増す

子を捨てて子殺しをせぬ選択に感謝している三十路になれば

経歴も趣味も嗜好も母のことをほとんど知らぬことに気づけり

母親に二度捨てられしひと月後涙もなしに手紙を捨てり

賀状さえ途絶えた母にせいせいとしつつ転居の画策をせり

とりあえず不幸ではない不幸だと他人は思う一生《ひとよ》としても

満たされぬ家庭に育ったことすらもわれの財産　強がりもして

強いのと傷つかぬのは同義語であるはずがなし　口に出さねど

狂いつつある地球

下の世話をさせていながら愛されることを乳児は疑いもせぬ

遣い方の違《たが》う幼児の言の葉でただ確実に傷つけられし

太陽がおみなで月がますらおの神話の国が女を見下す

戦争も革命もないこの国は他人や身内に虐待をする

アメリカや蝦夷地に限らずこの星は遅れてきたるヒト科が威張る

人間はどうしようもないこの星に住むのは人類だけでないのに
蠟燭を灯しておりぬ焼け死んだ人の御霊を弔うために
外国語で言い換えられて差別語も差別もなかったことだとされる
後天性免疫不全症候群がジョークになった二十年前
堂々と成人式には出席する親の脛をば齧りし輩《やから》

街なかでアンケーターが目を留める希有な女であるらし　われは

思春期を過ごした町の夏祭りが明日《あした》であるとふいに気づけり

ふるさとを遠く離れてふるさとの祭りをインターネットで見つむ

高所から命を投げしタレントが笑まうビデオがふいに見つかる

CMの歌口ずさみつ美術館の帰路に皇居を半周したり

顔も四肢もないまろびいるマネキンの両の乳首の猥雑な艶

遊戯すらむきになるゆえ何ひとつ遊びでできぬ野暮な人生

攻撃のとどめの言葉を呑みこんでも毒舌となるわれの気性は

餓死をする不安が消えれば今の職に不平不満も増えてくるもの

去年《こぞ》今年どこへも行かず誰も来ずひとりですごす　わが隣人も

貫一がお宮を蹴飛ばし神戸では震災も起こる吾の誕生日

占いは不幸な時にかすかなる希望にすがって未来《あす》を見るもの

火と水と風と光を六畳に圧しこめ文化とうそぶいている

地平線までも連なる高層のビルディングの群れ　四十二階

そっけない東京が好き砂漠だというつきあいしか心地良くない

年ごとに狂いつつある地球にてとりあえず吾は正気のつもり

囚われの獅子

アパートはペットも飼えず「体重はリンゴ三個」の猫が好かれる

現代の幼児は「これは動くの」と六百円の甲虫《こうちゅう》を指す

水槽で生まれた魚《うお》はみずからが幸か不幸か考えもせず

七年《ななとせ》眠り七日限りの青春の盛りを生きて真夜《まよ》に鳴く蟬

真夜に鳴く蟬二階へと登る守宮コンクリートの脇の鈴虫

水田に降り立ち稲をなぎ倒す害鳥でありニッポニア・ニッポン

美しい　と安直に言う懸命に生きるしかない野獣に人は

極寒の地に生《あ》れたなら氷点下六十度でも生きねばならず

戦争も狂牛病も獣らのせいでないのに殺されてゆく

飛ぶ　丈夫　すき間に入る　完全体であるかもしれぬ御器かぶりとは

あれは多分子持ちであろうはたと吾を睨みすえたるカンガルーの眼《め》

鹿《かのしし》も狐狸《こり》も電車を乗り継いで動物園で見るものとなる

桜咲く国にさらわれペンギンは鱗のような落花に見入る

無数の目の如き翼を交尾する獅子の隣で広げる孔雀

一瞬の射精のキリン　ライオンの雄は幾度も腰を振りおり

囚われの獅子の交尾を見ていたりわれも見えない枷の中にて

動物園に行けば楽しい　動物が囚われている施設であっても

矮小の竹

矮小の竹と蘇鉄を机上にて育てておりぬ土も与えず

刈り取られ根を絶たれなお生き延びて花弁を開く花屋の花は

動物も花も奇形に造られし色や形が珍重されて

遠目にはまだ満開で隅田川の桜並木を見おろす私鉄

童謡や唱歌をわざわざ学校で習った世代山河も知らぬ

アスファルトで固めた土地に生まれおちここがふるさと　われの源

赤よりも桔梗や露草竜胆と青の花こそ愛する女

降りしきる雪を浴びんと閉じる傘桜の花には雪も似合いて

にせ　もどき　不本意である学名を記せられ生きる生命もあり

頭脳など持たぬ樹木が何世紀もの自己改造で生き抜いてゆく

人間の目を楽しませるそのために紅葉《もみじ》は色づくはずはなけれど
黄色《おうしょく》のコスモス　Ｂｌｕｅ Ｒｏｓｅさえいずれ定義は変わるだろうか
かろうじてわらべうたには間に合った豊かな山河は知らぬ年でも
地下深く流れる水をアスファルトで封じてヒトはなおも驕れる
自転車で駆け抜けてゆく　夕立を楽しみながらしっとり濡れて

街という人工物にも雨は降り季節は惑いながらもうつろう
東京のアスファルトに降り止んでなお雨は匂いを失わずいる
虹も星も日食さえもじっくりと見ない女にいつしかなれり
わたつみと見まごうごとく水色の空が東のはたてに拡がる
ふいに富士のシルエットを見る　坂道を曲がった刹那夕暮れの中

数光年隔てて見れば地球さえ美しき星だと映るだろうか

刹那の真実

手も取れぬ男がいつしか暴言を吐くようになる事実だけ知る
ふんわりと笑顔と媚びでまといつく君の好みの「女」というもの
口論を仕掛ける女は許せない拗ねる女を愛する君は
正直がどんな場面も誠意だと信じてる人子どものように
傷つけていると思わぬ男なり涙を武器に使わぬ限り

愛情と信頼感とは一致せぬものだと知って君までの距離

優しいはず誠実なはずもてぬ男は　下心とは当たらないもの

無理にでも愛そうとした失望と軽蔑のみを君から得ても

案外と愛するふりはできるもの笑っていれば心も騙せる

「腐れ縁」の「釣った魚」が逃げ出せばあわてふためく男というもの

家族と住む男は面倒睦言も捨てる話も電話でできず
解放してくれない気軽に安直につきあいはじめた男はいつも
恨み言罵言暴言その昔愛の誓いを捧げた人に
しがみつき　君を包んだ両の手が愛の手立てに縁遠くなる
おたがいが罵り双方不快になりそれでも二人別れずにいた

虚しいね　出会った頃の感動を育てきれずに飛び交う罵倒
ほめ言葉が一段落してその次は罵るために饒舌となる
一瞬のためらいののち手加減をせずに男を殴り飛ばせり
声帯を潰してしまおうもう二度と汝《なれ》が私を傷つけぬよう
不快だけ分けあいながら愛に似た未練にまみれて別れずにいた

手に入れてなおも手こずる恋人をもてあますなら早く捨ててね

記憶力は悪くないからいつまでも宥しきれずにわれも苦しむ

目測を誤っただけ君も吾も飢えていただけひとりの寒さに

唇を重ねる前に錯覚と気づかないもの凍えていれば

何になる初夜の誓いの不履行を君と私で数えあげても

ぬくもりを求めたことが罪なのか永い孤独に迷った君と

暴言と「愛してるよ」は矛盾せず存在するらし　あいつの中で

大事にする　守ってあげる　瞬間の真実だった君の「愛」とは

別れようとみずから言うたび降り積もる想いがついに引き金になり

万一の仮定であった万一にもないはずだった　君との別離

瞬時にて走り抜けたる結論をしばしの罵倒ののちに咀嚼す

ボツにしてごめんね初夜の求婚を当時も「愛」は錯覚だった

葛藤を振り捨てたならにっこりと毒を捧げる「お幸せにね」

罵倒すら今はもうない冷ややかに突き刺す棘を探しあうだけ

君も吾も恋愛運がないゆえに未練が勝る恋かもしれぬ

簡単に手に入《い》る女はあっさりと逃げていくもの振り向きもせず

冷静に振り払ったら愛はもう壊れていると君も知るべき

濡れてきた男を拒めず部屋に入れ　視線を外し雨音を聴く

喫煙するわれを好まぬ君のため久方ぶりに咥える煙草

ああかつて　愛したことがあったのか　無邪気な顔をまじまじと見る

片想いに戻っただけと淡々と語る男に少しだけ揺れ

偽りを見抜かれそうで目を閉じて君に抱かれる君を愛せず

愛せなくなったと告ぐ吾をその上で欲する腕にからめとられる

必要とされてる腕と体臭に再び揺らぎはじめる　情が

明日《あす》髪を切るとは言わず出奔を夢想しながら隣で眠る

最初から知っていたのに関係は迷い出したら終わっていると
どれほどに愛していたか冷めてから胸の内なる想いをさらす
ありがとう愛してくれてわれはもう愛せぬ事実が残念なだけ
躰さえ反応せずに空《くう》を見る　懇願からの最後の交尾
じゃれたいという願望も苛立ちも消えてしまった君への期待も

「躰だけ求めないで」と恋人に思いこませた君の不器用

寝ていると信じて布団をかけ直し吾の手を包むかつての男

別れてはくれぬ男が便利屋へたどる過程を知ってしまえり

洗濯物を吊るしたままで平然と呼べる相手にすぎない男

電話口「……何だ君か」と醒めきった声にみずから驚いている

恋はできぬたちかも知れぬ寄せられる愛に浮かされ夢を見ただけ

不快しか与えあえない状況でそれでも愛を紡ぐ気だった

別れたくないけどさらに傷つかぬために選んだわれの「さよなら」

汝《な》に冷めたわれに数年つきまとうもてぬ男を羨みもする

返さずに　捨てよう手紙は不履行のひとつひとつを添削せぬうち

真夜中の電話は多分出られないとわざわざ告げる傷つけるため

友と行った水族館の詳細をデートのようにのろけて話す

好きな人がいるよと嘘を吐《つ》いたのが一番効いた別れるために

幸せに　不幸に君がなればいい　われのあとから幸せになれ

にこやかなとどめの復讐君を捨てる前よりなお良き女になろう

奴はいつも君の話だ本当に惚れていたよと冷めてから聞く

その人の子を産むことを考えた男を捨てし新緑の朝

弟の名を知ることのないままに疎遠になりし君との縁《えにし》

理性以外が今まだ疼く心情は家族であった男と別れ

あてつけでなくて初めてほかの人と愛し合おうと心に決めた

雪女

われと目を合わせず結婚するという君の言葉に装う平静

卒業も好きな男の結婚の話も粉雪《こゆき》の間《あわい》で聞けり

吾の男運をからかいいし君が幸《さち》を祈ると悪い冗談

寄せられる好意に気づかず新しい男をわれはのろけてばかり

吾が君を愛しはじめたその時は君の心は離れていたね

「妹」を口説かずじまいの意気地なし　表面上は誠実なれど

婚約の決まった君の近未来の破綻を望むわれの真実

針小の君の短所を拡大しあきらめようと思う醜さ

来月の婚をキャンセルするだけの勇気があるか好きと告げたら

君の婚が前途多難であることを君より先に占いで知る

既婚者と朝《あした》は変わる「雪女」と吾を呼ぶ人とひそやかに逢う

本当に雪女だと冷えきったわれの両手を包みこむ指

くちづけを盗んだ罪はいかほどか酔いつぶれたる男の友から

破綻した婚には早く撤退をする誠実を残しておいて

願わくばわれの手紙はひそやかに新居の荷物に加えてほしい

運命にこじつけるならいくらでも　心は制度に縛られぬもの

新婚の今はやさしくていねいに妻を抱くだろう愛と思って

婚姻の不幸に君が傷ついてわれを頼ってほしいと思う

新品の結婚指輪をせぬわけは吾の存在かと自惚れてみる

恋人とからかわれては否定せず肯定もせず見かわす瞳

「別れたらこちらにおいで」と微笑んで告げたら君は本気に取るか

吾を愛した男が妻の肩を抱く結婚通知が風に吹かれる

君の妻が子を産む知らせを冷静に受け止めている表面だけは

子の話を口に出さねどみどりごを溺愛してると隠せない君

妻子持ち　われの気持ちを知りながら口説いてもこぬずるい男で

二十年育てる義務も数十年払うローンもわれは代われず

冗談しか言わない人が突然に真顔になるから間合いが狂い

引き返せと友は言うけど優しくてさみしい人と気づいてしまい

条件の悪い方へと選択を重ねてしまう悪癖があり

タイミングの悪い恋しかしないから躊躇してたらキスもできない

豪雪で帰れないのを口実に君が泊まりに来てから恋人

隠しきれず知れてもかまわぬ唯一の男とわれは思いこみたい

くちづける　数時間後に別の唇《くち》が重なる唇《くち》だと今は忘れて

おとなしいと誤解しないで胸の中滾る想いが渦巻いており

さりげなくリングとピアスに合うように絞った服で逢う数時間

しっとりと腕と腕とをからませて強まる汗に今だけは酔う

男とは　自分の女になったとたん下着の線が出るの出ないの

妻を捨てる気はないくせに気にかかる女のフリーは望んでいる君

傘さえも借りてくれずにコンビニへ向かう男を送ってゆけり

理不尽なばかげたことだと知りながらささいなことでめざめる嫉妬

髪だけでも男の部屋にとどめんと背中や鞄に忍ばせており

ひとつだけ誓えることは嘘のつけぬ女ということいらだつほどに

問いつめる権利は持たぬかろうじてたずねることと見つめることと

君の妻がどんなタイプか何歳かあえて聞かずに磨きいる爪

「愛人」にはなりたくなくて室内は散らかしておくわれの習性

つかの間に男が寝具に移らせた匂いの中に埋めている顔

存分に時間が使える気ままさは確かにあると良さを数える

髪があれば呪術に使えることを忘れ隣で無心に寝ている男

「離婚する」と実現できぬ約束より愛していると誓ってほしい

君も吾も過去も未来も口にせず現在《いま》の可笑《おか》しな話だけする

義務感の強い歴史と責任という形式に勝てぬ愛なり

冷静に　一緒に死のうと恋人に誘われた汝《な》の心音を訊く

唯一の女であると今だけは本気であろう言の葉を訊く

肉欲に酔ったうえだと知っていてもほめられるのは嬉しいものよ

唯一の女になれぬと知っている相手が一番好きで二年目

会いたいとどうにもならぬことを告げ困らせている真夜中いつも
婚姻や会えないことやタイミングの悪さに勝てぬそれだけの愛
「妻以外の女」ではなく出会うべき女であると言わぬ正直
体調が戻るまでの堕胎前後のシュミレーションをしたことがあり
妻も子もいるがそれでも惚れてると言ってくれたらすべてを賭けた

幻痛

信頼に酷似している倦怠に聡くてわれは幸福でなし

浮気者になるのだろうか価値観の合わぬ愛から逃亡しても

別れるとわれが固めた決意さえ何も知らずに男は笑う

信頼にあぐらをかいて不誠実な男にさせる女かわれは

撤退をはじめた途端動揺しあわてふためく男はいつも

白旗を掲げてわれを欲したる男に敗けてよりを戻せり

恋人の涙は見たくないために心ならずも貞淑になる

何故愛はまとまってきてひとつだけ選べと誰もが言うのだろうか

吾が恋を繰り返すたび傍らでわれを見つめて傷つきし人

われを呼ぶ君の声音の特別な響きにそれでも君を選ばず

老いをまだ知らぬ少年人生に悲劇が起きると思わぬ育ち
十歳も年下の君率直な恋情ゆえにわれは怯えて
年下であるただそれだけの理由にてわれはあなたを選ばなかった
心根は戸籍が示す齢《よわい》よりはるかに大人われを包みて
生まれ持つ魂なのか　大人びた心は苦労をしたゆえなのか

女卑以外の古風な要素はすべて持つ男で君は愛の姿勢も
つきあっている男には求婚をされ傍目には無難な伴侶
平凡な安定が欲《ほ》し愛されている確信に飢えた少女期
占いに背を押されても齢《とし》の差に囚われたまままわれは動けず
魂は酷似していた現《うつ》し身《み》は結ばれぬまま悲しませても

噂には一度もならず　年下で恋にならずとわれさえ思い

「腐れ縁」を解消しない吾に君はただまっすぐな恋慕をくれし

やさしさとただ一言で言えぬほど一途な愛を注がれていた

三年半君を待たせてできたのは「じゃあね」と君を送ることだけ

しがらみで選ばなかった誠実な男の広い背《せな》を見つめる

君が帰る暮らしは海と山の風を感じる雪に包まれた里

おおらかな君の体軀を育てたる故郷の空を木々を知りたし

別れゆく運命ならば最後まで君に素敵な記憶をあげる

明日《あした》また電話をかけあう仲のように受話器をおろし君と別れり

一言もわれを責めずに「ありがとう」と言われたゆえの心の疼き

もう君に逢えぬ　涙も拭わずに夜半《よわ》まで泣いた好きと知るまで

年老いた女となって君が去る光景だった未来はいつも

信頼を返せなかった手放しで愛してくれた恋人にさえ

もう君は恋人がいて吾のことはただ懐かしい女だろうか

喪って初めて知りしこの「好き」が決してＬＩＫＥでなかったことを

未練による復縁からは新しい絆は生《あ》れぬすべて喪い

捨てられる心配からは永遠に解放されし愛が醒めれば

悪友のままでいられず新しい一歩も出せず二人苦しみ

本当にわれを大事にしてくれる愛を選ばぬ愚かな女

かつて吾を愛した人に「いい奴なら結婚しろ」とさとされており

吾がついに選ばなかった少年もいつか誰かを娶るのだろう

挫折を知らぬ若さに気圧されてわれは新たな恋から逃げり

齢の差に縛られ続けひたむきで真摯な愛に応えぬ悔悟

ただ君を苦しめただけ好きという想いは素直に表しながら

いつの日かあなたもわれを悪しざまに罵る側に回るだろうか

しあわせを素直に祈りしあわせにすると言わない言えない男

君がくれた愛を抱《いだ》いて吾はほかの男のもとで花嫁となる

幻痛は常に右手につきまとう「握手」といつも君に握られ

結ばれる運命ならばもう一度逢えるはずだと確信もある

本当の大人になって数年後素直に君の腕《かいな》にいたい

川柳二十句

雑踏の中にさやかな声がある

まだ友の君と見上げる花火かな

好かれれば愛してしまう悪い癖

せっかちで恋を逃してばかりおり

幸せが見えれば腰が引ける癖

うさぎ年吾は向かい干支君は干支
死にきれず　それでも君とめぐりあい
札入れの中にも写真　愛されて
髪もまた武器のひとつよ　くしけずる
玄関に男の靴が並ぶ幸
牽牛に逢うため結ぶ赤い帯

堅物の彼で下着は派手になり

傷痕を優しくなぞる君の指

喧嘩して男の好きな髪を切る

真夜《まよ》届く男の声に泣かされし

心根に優しく響く声であれ

ぎこちなく温泉《いでゆ》の旅を誘う人

男湯の気配に全身耳になる

酔った人にやっと言われたプロポーズ

意地も我も優しくされて来た雪崩

著者プロフィール

高山 雪恵（たかやま ゆきえ）
1969年1月17日、東京都生まれ。
1987年、松薫学園私立焼津高校卒業。
所属結社は短歌人。

刹那の真実

2003年10月15日　初版第1刷発行

著　者　高山 雪恵
発行者　瓜谷 綱延
発行所　株式会社文芸社
〒160-0022 東京都新宿区新宿1－10－1
電話 03-5369-3060（編集）
03-5369-2299（販売）

印刷所　株式会社平河工業社

ISBN4-8355-6354-9 C0092